Karl Julius Schröer

Die Entstehung von Goethe's Faust

Antigonos

Karl Julius Schröer

Die Entstehung von Goethe's Faust

Unveränderter Nachdruck der Originalausgabe von 1879.

1. Auflage 2024 | ISBN: 978-3-38696-099-1

Antigonos Verlag ist ein Imprint der Outlook Verlagsgesellschaft mbH.

Verlag: Outlook Verlag GmbH, Zeilweg 44, 60439 Frankfurt, Deutschland, info@outlook-verlag.de
Vertretungsberechtigt: E. Roepke, Zeilweg 44, 60439 Frankfurt, Deutschland
Druck: Libri Plureos GmbH, Friedensallee 273, 22763 Hamburg, Deutschland

Die Entstehung von Goethe's Faust.

Von

Karl Julius Schröer.

essing hatte die Aufgabe einer Fausttragödie gestellt mit jenem berühmten Literaturbriefe vom 16. Februar 1759 und zwar im Zusammenhange mit seinem schlagenden Angriff gegen Gottsched und die Franzosen, mit seinem treffenden Hinweis auf Shakespeare und auf „unsere alten Stücke", „die wirklich sehr viel Englisches gehabt haben".

In diesem Zusammenhange erinnerte Lessing an „Doctor Faust", eines jener „alten Stücke", und setzt hinzu: „und wie verliebt war Deutschland und ist es zum Theil noch in seinen Doctor Faust!" Er theilte aus diesem alten Volksstück eine Scene mit und bemerkt dazu: „was sagen Sie zu dieser Scene? Sie wünschen ein deutsches Stück, das lauter solche Scenen hätte? ich auch! —"

Ein breiter Strom von neuen Anschauungen geht von diesem Briefe aus und im Zusammenhange mit den gesammten Bestrebungen der Literatur, die hier angeregt waren, erschien eine Fausttragödie wie ein Problem der Zeit.

Es geht nicht an, anzunehmen, daß Goethe, unabhängig von dieser Strömung, auf den Gedanken gekommen sei, einen Faust zu schreiben. Wenn dies auch nicht geradezu ausgesprochen wird, so scheint es doch aus den Darstellungen der Entstehung von Goethe's Faust hervorzugehen, wenn in denselben der Zusammenhang mit Lessing's Anregung unerwähnt bleibt.

Lessing sah wahrscheinlich noch eine Aufführung des Volksschauspiels Faust, die von der Schuch'schen Schaubühne in Berlin den 14. Juni 1753 gegeben wurde*).

Schon damals mag bei ihm der Gedanke, ein Faustdrama zu schreiben, entstanden sein. Mendelssohn schreibt an ihn darüber den 19. März 1755: „Ich möchte es nicht gerne bei dem Namen nennen, denn ich zweifle, ob sie ihm den Namen Faust lassen werden. Eine einzige Exclamation — o Faustus, Faustus! könnte das ganze Parterre lachen machen."**)

Daraus begreifen wir gleich, wie Lessing sagen konnte: Deutschland war in seinen Faust verliebt und ist es (nur) zum Theil noch. Das Ansehen der sagenhaften Faustgestalt war zur Zeit Lessing's längst gesunken und sollte erst durch ihn wieder gehoben werden. Es war nur mehr als geheimer Schauer bei jenem Publikum vorhanden, das noch an jenen „alten Stücken" der Komödiantenbanden Geschmack fand, die den Faust zum Theil aus dem Stegreif noch 1766***) zum Besten gaben.

Wenn das Personal nicht ausreichte, so spielten diese Komödianten auch mit Puppen oder Marionetten. So spielte der Wiener Hanswurst Stranitzky 1714

*) Danzel, Lessing's Leben und Werke I. 450.
**) Mendelsohn's gesammelte Schriften (1843 bis 1845) V, 11.
***) S. Goedeke, Grundriß I. 1166.

mit Marionetten. Und so kam denn auch Faust auf das Puppentheater. Schon 1746 fand eine Darstellung des Faust mit Puppen statt*).

Wie es scheint, kannte Goethe das Faustspiel nur als Puppenspiel.

Dieses Faustspiel war nun bei denen, die auf Bildung Anspruch machten, wie sich denken läßt, seit Gottsched's Auftreten in Verruf; es sank auch immer mehr zur Burleske herab. In einem Wiener Stücke J. Friedel's heißt es noch 1785: „Da lob' ich mir die Komödienspieler — die vom Faust spielten — das sind doch Schnacken, wo man sich für sein Geld satt lachen kann!"**)

Offenbar war Lessing's Literaturbrief bis zu dem Verfasser dieses Stücks noch nicht gedrungen. Faust war zum Kinderspott geworden, und erst das Auftreten Lessing's führte in dieser Anschauung einen Umschwung herbei. Wenn 1770 in Hamburg, in Anwesenheit Schröder's, Faust zur Darstellung kam***), so dürfte wohl hier schon durch eine ernstere Auffassung dieser Umschwung zur Geltung gekommen sein.

Schon 1775 erschien in Prag: J. Faust, ein allegorisches Drama in fünf Aufzügen von P. Weidmann, und in demselben Jahre in München ein Drama mit gleichem Titel, vermuthlich ein Nachdruck desselben. Eine Vergleichung war mir noch nicht möglich, da ich von ersterem nur den Titel kenne. Letzteres ist nun unlängst 1877 in Oldenburg von K. Engel wieder herausgegeben worden, der einen Zusammenhang dieses Stückes mit dem verlorenen Faust Lessing's vermuthete. Diese Vermuthung hat sich nun als unbegründet herausgestellt†). Eine Recension des Stückes aber, bald nach seinem ersten Erscheinen vor 100 Jahren, giebt uns Zeugniß für die Nachwirkung von Lessing's Wort††). Es heißt in derselben: „Seit dem Herr Lessing in den Literaturbriefen das deutsche Publikum auf den drama-

tischen Werth dieses Subjects aufmerksam und durch die daselbst eingerückte herrliche Scene, nach seiner eigenen Bearbeitung desselben, die man noch erwartet, begierig machte, scheinen mehrere Dichter sich denselben Vorsatz in den Sinn kommen zu lassen, wenn sie gleich der Ausführung desselben nicht gewachsen sind. Wenigstens ist dies Letztere unstreitig der Fall bei dem Verfasser des gegenwärtigen Versuchs ꝛc." — Neben dieser Recension steht gleich eine Anzeige von Müller's Situation aus Faust's Leben (1776), dessen erstem Faustversuch.

Jenes allegorische Faustdrama wurde aber in Ulm 1777 wiederholt mit Beifall gegeben*).

Wir sehen, man nahm den Faust wieder ernst. Die von Lessing geforderte Fausttragödie war noch nicht da, sie wurde aber erwartet, und das mit lebhaftem Verlangen; heute von Lessing, demnächst von Goethe.

Als Fr. Müller mit seinem: Faust's Leben dramatisirt 1778 auftrat, sagte darüber ein Recensent**): „Der Goethe'sche (Faust), den das Publikum erwarten sollte, würde doch den Müller'schen hinter sich lassen. Herr Müller sage, was er will, Goethe ist sein Vorbild."

Nach alledem erscheint Goethe's Faust in der Reihe der durch Lessing angeregten Versuche. Die Entdeckung des tiefen, für die Zeit bedeutsamen Gegenstandes konnte durch Goethe nicht mehr gemacht werden, weil sie durch Lessing schon gemacht war und allgemeine Aufmerksamkeit erregt hatte.

Sowohl der Gegenstand als die damit verbundenen Namen Lessing's und Goethe's mußten die Erwartungen, die man diesem Drama entgegentrug, auf das Höchste spannen, und so kann man denn — von Goethe's Faust vielleicht mehr noch als von dem erwarteten Lessing's — sagen, daß diese Dichtung sich als etwas Außerordentliches ankündigte schon durch den Ruhm, der ihr vor ihrer Vollendung vorausging.

Bekannt ist, wie der Weimarer Hof 1781 zu Tiefurt Goethe's Geburtstag mit dem Schattenspiele: Minerva's

---

*) Creizenach, Geschichte des Volksschauspiels vom Dr. Faust, 1878. S. 183.

**) Goedeke, Grundriß I, 1166.

***) S. Creizenach, S. 182.

†) Literar. Centralbl. 1877, S. 10. — D. Rundschau 1877, S. 509. — Nord und Süd 1878, S. 262; und folg. Anm. ††).

††) S. Werner im Anzeiger der Zeitschr. für deutsch. Alterth. ꝛc. XXI, 203.

*) Zeitschr. f. d. Alterth. ꝛc. Anzeiger XXI, 282.

**) Loeper, Goethe's Faust, S. 8.

Geburt, feierte, indem unter Anderem in leuchtender Schrift in den Wolken die Namen Iphigenie und Faust erschienen.

Weder Goethe's berühmter Götz noch sein nicht weniger berühmter Werther wurden erwähnt. Nur Iphigenie und Faust. Iphigenie war in ursprünglicher Gestalt schon 1779 vollendet und aufgeführt, hingegen Faust war 1781 nur noch Bruchstück, und dies nur denen bekannt, denen es der Dichter selbst vorgelesen. Von diesen ging nun wohl zunächst der Ruhm der Dichtung aus. Wir sahen aus der Recension von Müller's Faust von 1779, wie er in die Oeffentlichkeit drang. — Aus der Auszeichnung aber, die man dem noch unvollendeten Werke in Tiefurt zu Theil werden ließ, sehen wir, wie hoch man diese Dichtung stellte, — wie man ihr wirklich wie der Lösung eines Problems der Zeit entgegensah!

Der Zusammenhang von Goethe's Faust mit der Anregung Lessing's ist aber auch noch wichtig bei Bestimmung der Zeit, in der Goethe sich mit dem Gedanken an ein Faustdrama zu beschäftigen anfing. Wann Goethe jenen Literaturbrief Lessing's kennen lernte, wissen wir nicht. Entgangen ist er ihm gewiß nicht, seine Nachwirkungen erfüllten die literarische Welt.

Wenn er ihn aber auch schon, was wahrscheinlich, in Leipzig gelesen, so war ihm doch in Leipzig noch kaum die Stimmung zu einer Tragödie gekommen.

Ein Pathos, wie es Schiller eigen war, der Hang zum Tragischen, war ihm nicht angeboren. Seine Lieder und Lustspiele aus jener Zeit: Die Laune des Verliebten, ein Schäferspiel in Alexandrinern nach dem Vorbilde von Gellert's Schäferspiel*): Das Band und Die Mitschuldigen; — in alledem verräth sich wohl keine Fauststimmung!

Das Schicksal hatte den Glücklichen noch nicht mit seinem Ernst gestreift — bis vor seiner Abreise in Leipzig, im Sommer 1768, wo eine schwere Krankheit ihn niederwarf.

Der Blutsturz, den er damals erlebte, hatte einen erschütternden Eindruck auf ihn gemacht, wie wir aus seinem poetischen Schreiben an Friederike Oeser vom 9. November 1768 sehen. Er schildert sich da „gleich einem Todten aus dem Grabe" mit dem Zusatz: „wem der Tod nur einmal recht nah' ums Haupt geschwebt, der bebt bei der Erinnerung gewiß, so lang' er lebt; ich weiß, wie ich gezittert habe!"

Solch erschütternde Stürme führen wohl Veränderungen in einem jungen Menschen herbei und machen ihn schneller reifen.

Wir wissen nicht, ob die Stelle in den „Mitschuldigen", in der Faust erwähnt wird, nach dieser Erfahrung niedergeschrieben sei. Die „Mitschuldigen" sind 1768 entstanden und 1769 umgearbeitet. Die Worte Söller's im 3. Aufz. 6. Auftritt in den „Mitschuldigen":

> „— — o, wie mir Armen graut,
> Es wird mir siedend heiß; so war's dem Dr. Faust
> Nicht halb zu Muth, nicht halb war's so Richard III.!"

bezeugen uns aber doch das Eine: daß Goethe die Gestalt Faust's in vollem tragischen Ernst bereits ins Auge gefaßt.

1768 ward in Leipzig J. Chr. Weiße's Richard III. aufgeführt*), den Goethe wohl gesehen haben konnte. In diesem Stücke wird es Richard heiß, indem er einen Traum seinem Vertrauten, Catesby, erzählt. Die Geister derjenigen, die er ums Leben gebracht, waren ihm erschienen. — Wirksamer noch erscheinen diese Geister in Shakespeare's Richard III. im 5. Act vor dem schlafenden Richard. Eine theilweise Uebersetzung dieses Stücks war schon seit 1755 in Deutschland bekannt, die denn auch Goethe kennen konnte. In derselben sagt Richard: „Kalte Tropfen der Angst stehn auf meinen zitternden Gliedern."**)

Der Vergleich mit Faust, dem ebenso siedend heiß geworden sei, kann sich nur auf die Schlußscene des Puppenspiels beziehen, in der Faust in der letzten Nacht, in der er um die 12. Stunde vom Teufel geholt werden soll, mit steigender Angst die Glockenschläge, die die verfliegenden Stunden anzeigen, zählt.

Goethe kehrte im Herbst 1768 kränklich von Leipzig nach Frankfurt zurück.

In Frankfurt führte ihn in jener Zeit der Verkehr mit seiner älteren, frommen Freundin v. Klettenberg zu alchymistischen

---

*) Gellert's verm. Schriften I. 71. 1765.

*) R. Genée, Gesch. der Shakespeare'schen Dramen in Deutschland, S. 243.
**) Genée, S. 77, 471.

Studien und Versuchen. Dabei ist wichtig, daß ihn bei dieser Spielerei besonders die philosophischen und theosophischen Anschauungen der Alchymisten anzogen.

Wenn er sich z. B. in Dichtung und Wahrheit (II, 119) freut, daß ihm die Natur, wenn auch vielleicht in phantastischer Weise, in der goldenen Kette des Homer (der aurea catena Homeri der Alchymisten) in einer schönen Verknüpfung dargestellt wird, so erinnern diese Worte ebenso an die Faust's:

> Wie Alles sich zum Ganzen webt,
> Eins in dem Andern wirkt und lebt!
> Wie Himmelskräfte auf- und niedersteigen
> Und sich die goldnen Eimer reichen —"

wie an seine später ausgesprochenen Anschauungen von der Metamorphose der Pflanzen und Thiere. Wenn er den Paracelsus studirte, wie er erwähnt, so müssen wir an dessen Verachtung der Wissenschaften und Hinweisung auf unmittelbare Anschauung der Natur denken, und dann hören wir die Worte Faust's:

> Statt der lebendigen Natur,
> Da Gott die Menschen schuf hinein,
> Umgiebt in Rauch und Moder nur
> Dich Thiergeripp' und Todtenbein.

Am 13. Februar 1769 schreibt er wieder an Friederike Oeser: „Ich habe Sie so selten gesehen — als ein nachtforschender Magus einen Alraun pfeifen hört." — Hier erscheint denn auch schon der Magus, bei nächtlicher Lampe forschend, vor seinem Geist. Und wenn er weiter in demselben Briefe schreibt: „Meine gegenwärtige Lebensart ist der Philosophie gewidmet. Eingesperrt, allein, Cirkel, Papier, Feder, Tinte und zwei Bücher mein ganzes Rüstzeug. — — Wer mit Mühe viel Bücher durchblättert hat, verachtet das leichte einfältige Buch der Natur; und es ist doch nichts wahr, als was einfältig ist —!" so sehen wir Goethe selbst in der Lage und Stimmung Faust's, wie er im ersten Monolog erscheint.

Nun erinnern wir uns weiter, wie in den ältesten Scenen des Faust die Oertlichkeit Frankfurts festgehalten ist, daneben Gretchen, die doch nur an jenes Frankfurter Gretchen erinnert, Goethe's erste Liebe. — Sie muß sich in Goethe's Geiste zu Faust gefunden haben vor dem leidenschaftlichen Verhältniß des Dichters zu Friederike in Sesenheim! — Und

so erscheint es denn ganz wahrscheinlich, daß die Angabe von Riemer und Eckermann (im Inhaltsverzeichnisse der Quartausgabe der Werke Goethe's von 1837): die Anfänge des Faust fielen in das Jahr 1769, richtig sind.

Goethe schreibt am 1. Juni 1831 an Zelter in Bezug auf die Vollendung des 2. Theils des Faust: „Es ist keine Kleinigkeit, das, was man im 20. Jahre concipirt hat, im 82. außer sich darzustellen."

Zwanzig Jahre war Goethe 1769.

An Wilhelm v. Humboldt schreibt er fünf Tage vor seinem Tode (17. März 1832): „Es sind über 60 Jahre, daß die Conception des Faust bei mir, jugendlich von vornherein klar, die Reihenfolge hingegen weniger ausführlich, vorlag."

Auch diese weniger bestimmte Angabe schiebt mit der runden Zahl 60 die Anfänge des Faust über das Jahr 1772 hinauf, ohne gerade das Jahr 1769 zu bezeichnen.

Vom nächsten Jahre 1770 bis 1771 in Straßburg erzählt der Dichter aber: daß er Herder das Interesse an Götz von Berlichingen und Faust, die sich bei ihm „eingewurzelt hatten und sich nach und nach zu poetischen Gestalten ausbilden wollten", verbarg (nicht wie Kuno Fischer, Goethe's Faust S. 179, angiebt: „mit der Straßburger Epoche hat sich das Interesse an Götz und Faust eingewurzelt"). Mit Herder war Goethe anfangs September 1770 bekannt geworden. — Es ist nun wohl kein Grund vorhanden, anzunehmen, daß Goethe sich in der Erinnerung hier geirrt hätte. Auch nicht insofern, daß die Gegenstände Götz und Faust, die er vor Herder verbarg, damals erst vor ihm aufgetaucht wären, indem er sie als bei ihm eingewurzelt bezeichnet. Von Götz erinnert sich Goethe's Mutter bestimmt daran, wie er dazu kam, sich dessen Biographie von Nürnberg kommen zu lassen*). Das muß daher unter ihren Augen in Frankfurt der Fall gewesen sein und dann vor, nicht nach Straßburg. — Damit ist nicht gesagt, daß er an das Niederschreiben der einen oder anderen dieser beiden Dich-

*) S. Loeper, Zu Dichtung und Wahrheit II, 394 f.

tungen schon in Straßburg gegangen wäre. — Wir wissen, wie ungern er schrieb, wie er am liebsten im Gehen producirte, daher auch später das Dictiren sich angewöhnte. Wie lange zögerte er, an das Niederschreiben des Götz zu gehen! — So ging es denn wohl auch mit Faust. Wenn er sich damit in Gedanken auch schon im Jahre 1769 zu beschäftigen begann, ans Niederschreiben ging er erst 1773. — Er schreibt am 1. März 1788 von Rom aus über Faust: „Natürlich ist es ein ander Ding, das Stück jetzt oder vor 15 Jahren ausschreiben", d. h. zu Ende schreiben. Er meinte in Einem, als das Niederschreiben vor 15 Jahren (1773) begann.

Wie er diese Stoffe nun auffaßte, sagt der Dichter in Dichtung und Wahrheit: „Die Gestalt eines rohen, wohlmeinenden Selbsthelfers in wilder anarchischer Zeit erregte meinen tiefsten Antheil." — Der Titanismus der Sturm- und Drangzeit, dem Goethe auch im Prometheus Ausdruck gab, meldete sich hiermit an. Und bezeichnend sagt er gleich daneben von Faust: „Auch ich hatte mich in allem Wissen umhergetrieben und war früh genug auf die Eitelkeit desselben hingewiesen worden. Ich hatte es auch im Leben auf allerhand Weise versucht und war immer unbefriedigter und gequälter zurückgekommen." — Diese Sätze knüpfen mit dem Wörtchen „auch" geradezu an den ersten Auftritt des Puppenspiels an, wo Faust klagt, er habe alle Wissenschaften durchstudirt, zuletzt Theologie, und doch könne keine seinen Wissensdurst löschen*).

Dieser Ideengang ist der erste Keim, aus dem sich alles Weitere entwickelt. Wie nahe er mit Goethe's Anschauungen von 1769 zusammentrifft, sahen wir schon aus dem Briefe an Friederike Oeser. Das Nächste war, daß der Dichter, wohl unbewußt, an die Stelle des historischen und des sagenhaften Faust sich selbst mit seiner eigensten Welt substituirte. Er war hier nicht bemüht, wie in seinem Götz etwa, eine Gestalt des 16. Jahrhunderts vor uns lebendig hinzustellen.

*) Ueber diesen Eingang des Volksstückes, der sich an den Faust Marlowe's anschließt, s. Schade im Weimar. Sonntagsblatt 1856, S. 431.

Faust war ihm der Träger seiner eigenen Gedanken und Gefühle.

Darin aber, daß er seine eigene reiche schöpferische Natur seinem Helden lieh, lag auch schon die Nothwendigkeit zur Umgestaltung der Sage.

Der Faust, der von Anschauungen des 18. Jahrhunderts erfüllt war, durfte vor Allem nicht mehr unterliegen wie der des 16.

Auch in Lessing's Faust, d. h. in einem erst nach seinem Tode veröffentlichten Bericht von der Ausführung einer Scene, sagt ein Engel zu den Teufeln: „Ihr sollt nicht siegen!"

Das giebt der Faustsage einen ganz anderen Charakter, als der war, den sie ursprünglich im 16. Jahrhundert hatte.

Wir müssen dieser einen Augenblick näher treten.

Ein Abenteurer, Geisterbeschwörer und Magier des 16. Jahrhunderts, von dem es hieß, daß er mit dem Bösen im Bunde stehe, hatte etwa von 1507 bis 1539 in Deutschland sein Wesen getrieben und Aufsehen erregt.

Geschichtliches ist nicht viel über ihn mit Bestimmtheit zu melden, und was bekannt ist, ist bei weitem nicht ausreichend, um den außerordentlichen Ruhm zu erklären, zu dem er nach seinem Tode gelangte. Sein Tod erfolgte um 1540.

Was nun eine Sage des Mittelalters von einem ähnlichen Bunde eines Theophilus mit dem Teufel, vielfach variirt, ausgesponnen, was von zauberkundigen Gelehrten erzählt wurde, das wurde jetzt Alles auf Faust übertragen.

Im Jahre 1587 erschien endlich in Goethe's Vaterstadt eine „Historia von dr. Johann Fausten, dem weitbeschreiten zaubrer und schwarzkünstler ꝛc.", der bald neue Bearbeitungen und Uebersetzungen in andere Sprachen folgten, woraus auf große Theilnahme der Zeit an diesem Gegenstande geschlossen werden muß.

Wir sehen schon aus diesen äußeren Umständen, daß die geschichtliche Gestalt hier nicht das Wichtige ist, sondern die Sage, die sich um sie herum krystallisirt hat. Es muß der Zeit darum zu thun gewesen sein, etwas damit auszusprechen. Was diese eigentliche Grundlage der Faustsage ist, läßt sich wohl erkennen.

Bemerkenswerth ist schon, daß sie in Einem Punkt sich bereits wesentlich von der Theophilussage unterscheidet. Indem Theophilus sich am Ende an die Jungfrau Maria wendet, wird er durch sie gerettet; Faust ist und bleibt rettungslos verloren, und sein Ende wird auf das Schrecklichste geschildert. Der Geist der Zeit duldet kein Pactiren mit der Hölle. Er warf überdies Zauberei und Aberglauben mit dem Katholicismus in Eins zusammen, um sie zu verdammen. Die Faustsage ist protestantisch. Der Gegensatz, in den sie Faust zu Luther stellt, spricht aus, was mit ihr gemeint ist.

Hatte sich doch von Luther auch eine Sage gebildet. Sie stellt ihn dar im Bunde mit Gott und im Kampfe mit dem Bösen. — Er forscht in Gottes Wort. Der Teufel will ihn daran verhindern. Er wirft ihm das Tintenfaß an den Kopf, und der Teufel flieht.

Konnte die freie Forschung, das „Prüfet Alles", das im Protestantismus liegt, bedenklich erscheinen, indem damit der Mensch auf seine eigene Urtheilskraft gewiesen wurde, so beruhigte darüber wieder das Verhältniß Luther's, des Urhebers der neuen Strömung, zum „Worte Gottes". Er war der Gelehrte Gottes, der im Bunde mit Gottes Wort stand und handelte. Diesem Helden gegenüber stellte die Sage, zur Vervollständigung des Gedankens, den Gelehrten, der ohne Gott auf die eigene Kraft sich stützt. Er muß zu bösen Künsten greifen und damit unwiderruflich verloren sein. Keine Maria kann ihn retten!

Zum Belege für diese Auffassung nur Einiges aus den ältesten Aufzeichnungen der Faustsage. Auf dem Titel des ersten Faustbuches steht das Motto: „Seid gott untertänig, widersteht dem teufel, so fleuhet er von euch. Jacobi iiii (Epistel Jacobi, Capitel 4, Vers 7)." — Die Vorrede sagt: daß man an Faust's Geschichte „augenscheinlich spüren könne, wohin die sicherheit, vermessenheit und fürwitz letzlich (zuletzt) einen menschen treibe und (daß genannte „sicherheit" 2c.) ein gewisse ursach sei des abfalls von gott" 2c. Weiter heißt es im ersten Capitel: Faust „hat die heilige schrift ein weil hinder die tür und unter die bank gelegt" — „begab sich nach Krakau — zauberei

halben" — „wolte sich hernacher keinen theologum mehr nennen lassen, ward ein weltmensch, nannte sich ein doctor medicinae"!

In dem umfangreicheren Faustbuche G. R. Widmann's (1599) wird in der Vorrede ausgeführt: wie „under den listen und praktiken" des Teufels besonders die Zauberei gehöre, der auch „viele päbste" (sie werden aufgezählt) ergeben gewesen seien. Hierauf wird erzählt, wie sich Dr. Luther über Faust ausgesprochen. „Hätte der teufel," sagte Luther, „zuvor längst mir vermocht schaden zu tun, er hätte es lang getan. Er hat mich wol oftmals schon beim kopf gehabt — aber mit gottes wort habe ich mich seiner erwehrt". — Gleich im ersten Capitel heißt es, Faust hätte Theologie studirt, „als aber damals das alt päbstlich wesen noch im gang war und man — vil segen-sprechen und ander aberglaubisch tun und abgötterei trieb, beliebte solchs dem Fausto überaus sehr". — Viel ärgere Ausfälle gegen die katholische Kirche, die sich hier noch finden, übergehe ich, siehe z. B. bei Düntzer, Goethe's Faust, S. 19. Ich wollte nur andeuten, in welchem Geiste die Faustsage dargestellt wurde. Was man leugnen wollte, ist nicht zu leugnen: sie ist ein Erzeugniß des Protestantismus, und nicht zufällig ist es, wenn sie sich rasch in der protestantischen Welt, namentlich in Deutschland, England, den Niederlanden und Dänemark, ausbreitete.

Dieser Faust nun, der von der Theologie ausgegangen, aber von ihr abgefallen und dadurch verloren war, das war der Faust des 16. Jahrhunderts.

Da standen noch Himmel und Hölle einander gegenüber. Da gab es noch Zauberei, an die der Titane, der sich der Gottheit gegenüberstellte, sich anklammern konnte.

Die uralte Idee des Titanismus fand diese neue Form, und der Protestantismus beruhigte sich über die Gefahren der freien Forschung an der Hand der Bibel, die im Gegensatz zu der gottlosen Gelehrsamkeit erschien.

Der Faust des 18. Jahrhunderts mußte aus der Beschränktheit jener Anschauungen herausgehoben werden. Nicht nur die Gottesgelahrtheit, auch die weltliche Wissen-

schaft mußte dem Teufel gewachsen er=
scheinen und mußte zum Siege führen.

Das erkannten Lessing und Goethe.

Wenn Goethe anfangs diese Anschauung
auch noch nicht völlig deutlich vor der
Seele stand, so war er von Anfang an
doch schon in dem Sinne richtig geleitet.
Von Anfang an sehen wir Faust mit
idealer Hoheit dem beschränkt=verständigen
Mephistopheles gegenüberstehen; schon in
den ältesten Scenen.

In der That ist die unbewußte Divi=
nation zu bewundern, die oft in den Er=
findungen des Dichters liegt.

Wenn Faust z. B. nach dem Spazier=
gang, von der krankhaften Ueberspannung,
die sich im Monolog aussprach, erholt,
mit ruhigem Gemüth und Lust zur Arbeit
an die Uebersetzung des neuen Testaments
herantritt, — sehen wir da nicht Faust
und Luther in Einer Person vor uns?
Sagt uns diese Erscheinung nicht, daß
der Gegensatz zwischen Faust und Luther
im 16. Jahrhundert in diesem Faust des
18. aufgehoben ist? Es geht die Er=
scheinung ganz parallel mit den Gegen=
sätzen von Himmel und Hölle, Gott und
Teufel, die ja auch im modernen Be=
wußtsein keinen Platz mehr finden.

Der neben Faust nach der Ueber=
lieferung auftretende Mephistopheles kann
daher hier eigentlich nichts Anderes mehr
sein als das den Menschen niederziehende
Gemeine, das ihn zu verderben droht,
wenn er in ihm Befriedigung findet,
das aber nichts über ihn vermag, wenn
er widersteht.

Es ist nicht in Abrede zu stellen, daß
der Dichter nicht überall mit gleicher
Schärfe diese Stellung des Mephistopheles
festhält, aber zu weit zu gehen scheinen
mir diejenigen, die daraus, daß Mephi=
stopheles vorübergehend manchmal aus
der Rolle zu fallen scheint, verschiedene
Pläne des Dichters ableiten, die er zu ver=
schiedenen Zeiten verfolgt habe.

Ich meine hiermit Kuno Fischer's Aus=
führungen, der der Ansicht ist, der Me=
phistopheles der alten ursprünglichen
Dichtung Goethe's sei nicht in der Hölle
zu suchen (S. 213), der „Faust der
Gretchenliebe" gehöre der alten Dichtung
und sei ein anderer als der „Faust der
Wette", der in der zweiten Dichtung
einen Vertrag mit der Hölle eingehe.

Die Hölle gehört wohl überhaupt nur
ganz äußerlich zu dem Costüm des
Teufels. Wenn aber von Fischer be=
hauptet wird, in Auerbach's Keller sei
Mephistopheles nicht der Teufel der
Hölle, nur ein harmloser Kobold, der
selbst sage: — „merkt euch, wie der Teufel
spaße", so ist dagegen doch daran zu
erinnern, daß er in derselben Scene auch
sagt: „Den Teufel spürt das Völkchen
nie, und wenn er sie beim Kragen hätte!"
und indem er das Feuer bespricht: „Sei
ruhig, freundlich Element, für diesmal
war es nur ein Tropfen Fegefeuer."
Will man hier etwa einwenden, Goethe
habe mit dem Fegefeuer hier etwas
Anderes gemeint als die Hölle?

Wir können allerdings nicht einstehen
dafür, daß die Vertragsscene Wort für
Wort schon im ersten Entwurf so lautete,
wie wir sie jetzt kennen, da ja im Frag=
ment, das 1790 erschienen ist, nur das
Ende der Scene mitgetheilt ist. Den=
noch halte ich es für höchst gewagt, das
im Fragment nicht Mitgetheilte im vor=
hinein als späteren Ursprungs zu halten.
Alle künstlichen Annahmen von verschie=
nen Plänen des Dichters erscheinen mir
doppelt bedenklich, weil sie auf dieser An=
nahme beruhen. Indem Faust schon in
dem im Fragment Mitgetheilten jenes:
„Allein ich will!" ausspricht, worauf
Mephistopheles erwidert: „Das läßt sich
hören!" so setzt dies doch schon etwas
der Vertragsscene Aehnliches als vorher=
gegangen voraus und verbietet, den Bund
mit dem Bösen hier wegleugnen zu wollen.
Wir gelangen zu einfacheren und natur=
gemäßeren Ergebnissen, wenn wir andere
Kennzeichen für die jüngeren und älteren
Theile der Dichtung aufsuchen als das
Fehlen oder Nichtfehlen im Fragment.

Faust spricht, besonders in den ältesten
Scenen, Goethe's eigenes Fühlen und
Denken aus, das in seiner Jugend für die
ganze Sturm= und Drangzeit tonangebend
war.

Ganz ähnlich wie der Dichter in jenem
Briefe an Friederike Oeser, der noch mehr
Anklingendes enthält, spricht sich Faust
im ersten Monolog aus:

Heraus aus der Gelehrtenstube, hin=
aus in die Natur, wo Gott die Menschen
schuf hinein — drängt es ihn. Und wie
ihm die Beschränktheit des büchergelehrten

Pedanten erscheint, zeigt auf das Herrlichste gleich die nächste Scene mit Wagner.

Goethe's eigene Anschauungen vernehmen wir auch, wenn Faust sich dem Erdgeiste „näher" dünkt als dem Weltengeiste. Dies ergiebt sich besonders deutlich, wenn wir beachten, wie Goethe sonst das „Sich Gott nähern" versteht.

Er erzählt so z. B. in Dichtung und Wahrheit (D. u. W. I, 37; Hempel'sche Ausg.) von den frommen Secten Frankfurts: „Sie hatten die Absicht, sich der Gottheit besonders durch Christum mehr zu nähern." — Von seinem Freunde Langer in Leipzig sagt er (D. u. W. II, 112): „Er gehörte unter diejenigen, denen ein unmittelbares Verhältniß zu dem Weltengotte nicht in den Sinn will; ihm war daher eine Vermittelung nothwendig, deren Analogon er überall in irdischen und himmlischen Dingen zu finden glaubte."— Und von sich selbst erzählt er aus seiner Knabenzeit: „Er kam auf den Gedanken, sich dem großen Gotte der Natur — unmittelbar zu nähern (D. u. W. I, 37)." „Der Gott, der mit der Natur in unmittelbarer Verbindung stehe, schien ihm der eigentliche Gott."— Er errichtete diesem Gotte einen Altar, auf dem Naturproducte die Welt im Gleichniß darstellen sollten. — Wenn der Dichter nun Faust sagen läßt: er fühle sich dem Geist der Erde näher als dem Weltengeiste, so erscheint das, in Uebereinstimmung mit obigen Sätzen, als ob er sagte: Gott in seiner Manifestation als Erdengott sei ihm näher als in der als Weltengott. Er nähert sich ihm, indem er ihn als Erdengott auffaßt. Daß er gegen Gretchen z. B. unter dem Allumfasser, Allerhalter den Weltengott anführe und ein ander Mal doch wieder den Erdgeist als: erhabener Geist, unendlicher Geist, großer herrlicher Geist anrede, steht zu einer solchen Auffassung keineswegs im Widerspruch. Jedenfalls wird man zugeben müssen, daß der Erdgeist von seinem ersten Erscheinen an als guter schöpferischer Geist auftritt, der nicht im Bunde mit Mephistopheles Gott gegenüber, sondern wenn nicht Gott selbst, doch auf der Seite Gottes Mephistopheles gegenübergestellt erscheint. Wenn Faust sich beklagt, daß er ihm Mephistopheles zum Gefährten gegeben, so trennt er mit dieser Klage schon den verehrungsvoll angesprochenen Geist von dem „Schandgesellen", den er verachtet. Er konnte mit derselben Klage sich auch an den Weltengott wenden, daß er zugelassen habe, daß der Böse sich ihm gesellte.

Es liegt schon in dem dem Dichter so eigenen Empirismus, sich der Gottheit zu nähern, indem er sie sich als Erdgeist begreiflicher zu machen suchte, und stimmt zu den Worten, mit denen Faust ein jenseitiges Leben ablehnt:

> Das Drüben kann mich wenig kümmern;
> Schlägst du erst diese Welt zu Trümmern,
> Die andre mag darnach entstehn.
> Aus dieser Erde quillen meine Freuden,
> Und diese Sonne scheinet meinen Leiden;
> Kann ich mich erst von diesen scheiden,
> Dann mag was will und kann geschehn.

Schon oben haben wir die Ansicht, daß Mephistopheles im Faust in zweifacher Gestalt erscheine, womit ein zu verschiedenen Zeiten verschiedener Plan anzunehmen sei, abgelehnt. Mit dieser Annahme steht eine zweite in Verbindung, die wir hiermit gleichfalls widerlegen wollen: daß nämlich Mephistopheles nach dem ersten Plan Goethe's, wie Fischer (S. 206. 210 f.) meint, gleichsam den Standpunkt des Erdgeistes vertrete!

Machen wir uns doch klar, wie die Dichtung entstand, daraus wird sich von selbst ergeben, daß die Annahme verschiedener Pläne mit verschiedener Charakteristik des Mephisto, sowie die Identificirung desselben mit dem Erdgeist allen Boden verliert. Die ersten Ansätze derselben sind die Verzweiflung an der Wissenschaft und im Sinne der Ueberlieferung, die daraus erfolgende Wahl der Magie, die den Bund mit dem Bösen nach sich zieht. Sie bedeutet das Aufgeben idealer Ziele, an denen er verzweifelt, und an deren Stelle das Streben, die Begierde der Selbstsucht um jeden Preis zu befriedigen.

Was zunächst zu diesen ersten Ansätzen hinzutrat, war das ebenso, wie die Klagen über die unbefriedigenden Wissenschaften, aus des Dichters eigenem Inneren, aus seinen eigenen Erfahrungen genommene Verhältniß Faust's zu Gretchen.

Dies Verhältniß drängte alles Andere in den Hintergrund; daß auch der Faust der Sage ein Verhältniß zu einem Bürgermädchen hatte, ist von geringem

Belang. Goethe schöpfte aus seinem eigenen Leben das lebendigste Bild, das ihm je gelungen. Er hielt an der Fausthandlung nur insofern fest, als auch dies Verhältniß durch Mephistopheles' Dazwischenkunst getrübt werden sollte. Die ältesten Scenen des Faust zeigen, daß dies von Anfang an feststand. — Wenn es in der Zueignung des Faust heißt: diese Gestalten bringen, gleich einer alten Sage, die erste Liebe und Freundschaft mit herauf, so müssen wir wohl an Goethe's erste Liebe, jenes Frankfurter Gretchen, denken. Die Innigkeit und Heftigkeit der Leidenschaft zu diesem Mädchen steht in Goethe's Leben einzig da. Noch 1811 stand dem 62jährigen ihr Bild mit solcher Lebendigkeit vor der Seele, daß er sie schilderte, wie man nur nach dem Leben schildern kann. Auch die Nebenumstände können nicht erfunden sein. Sie erklären sich durchaus nicht aus technischen Gründen der künstlerischen Darstellung, und es wäre ganz unbegreiflich, wie Goethe darauf gekommen wäre und warum er dies Alles so erzählt hätte, wenn es nicht die reine Wahrheit war.

Man lese in Dichtung und Wahrheit (I, 150. 197 f.), wie unnachahmlich er sie schildert, mit welcher Leidenschaft sich sein Schmerz äußert, da er von ihr getrennt ist, wie er rast, sich zu Boden wirft, Nächte lang bis zur Erschöpfung schluchzt, bis er erkrankt! — Wie ihn ihr Bild! ihr Bild nicht verlassen will (II, 7). — Daß dies Frankfurter Gretchen aus dem Volke, mit den „stillen treuen Augen" und „dem lieblichen Mund", die sich von dem Dichter, wie er erzählt, so gerne belehren ließ, deren Bild er nicht los werden konnte, die er noch im Alter mit solcher Innigkeit zu schildern vermochte, ihm gewiß bei seiner Rückkehr aus Leipzig nach Frankfurt wieder vor die Seele trat, und daß zur Gestalt der Dichtung, die er damals schuf und neben Faust stellte, kein anderes Modell zu suchen ist als diejenige, die ja sogar denselben Namen trug, werden wir wohl annehmen müssen!

Die Liebe Faust's und Gretchen's wurde denn zum Mittelpunkt des Stücks. Die Lebenserfahrungen mit Käthchen, Friederiken, Lottchen, Lili kamen wohl hinzu, um den Dichter zur Ausführung der seelenvollsten Scenen zu befähigen, die das Drama bilden. Am ähnlichsten blieb aber Gretchen immer dem Frankfurter Gretchen.

Was Goethe am Weibe liebte, war nicht die Bildung, die sie sich angeeignet, die Cultur, sondern die Natur, und sie erscheint ihm am lautersten in den anspruchslosesten Zuständen. Ich erinnere neben Gretchen noch an Clärchen.

Wenn hier nun der Dichter freilich sehr subjectiv erscheint, indem er, seiner Neigung folgend, die Faustfabel in ihrem Wesen ganz aus den Augen verliert, so sehen wir ihn doch auch hierin glücklich von seinem Genius geleitet.

Was soll das Verlangen des Gelehrten nach Rückkehr zur Natur, wenn er nicht die Liebe kennt? nicht durch das, was der Dichter später das Ewigweibliche nennt, humanisirt, ein wahrer, ganzer Mensch wird?

Durch die Ausbildung der Liebesepisode gewann aber der Plan des Ganzen wesentlich an Bestimmtheit.

Faust, der Heilung in der Liebe finden konnte, wird durch Mephistopheles' Dazwischenkunst an der Geliebten zum Verräther. Indem der Böse ihn aber von Gretchen hinweg zu anderen Freuden fortreißen will, kann Faust sich innerlich von Gretchen nicht losmachen. Dadurch ist er für Mephistopheles unbesiegbar.

Gretchen verklärt sich im Halbwahnsinn im Kerker vor ihrer Enthauptung, indem selbst in der Zerrüttung des Gemüthes der unfreiwilligen Verbrecherin noch die Reinheit und selbstlose Hingabe ihrer Seele sich offenbart.

Mit Faust kann es hiermit nicht zu Ende sein. Mephistopheles hat nicht gesiegt. Er hat aber auch die Hoffnung noch nicht aufgegeben. Und so entstand denn die Nothwendigkeit des zweiten Theiles, der Faust's Läuterung und Sieg und Mephistopheles' Niederlage darstellen muß.

Treten wir nun an die Dichtung heran, wie sie — ich meine den ersten Theil — vollendet vorliegt.

Wir müssen im Voraus bemerken, daß wir hier von den Anforderungen, die wir an ein gewöhnliches Drama zu machen gewohnt sind, abzusehen haben.

Schon äußerlich fehlen die Eintheilungen in Aufzüge und Auftritte, sowie oft die nothwendigsten scenarischen Angaben.

Außerdem verräth es sich an vielen Stellen, daß einzelne Theile zu verschiedenen Zeiten entstanden sind und bei der Zusammenfügung nie eine durchgreifende Revision und Redaction vorgenommen wurde, die alle Unebenheiten und Widersprüche behoben hätte.

Kommt bei Erwägung dieser Umstände Goethe's Wesen und schriftstellerisches Verfahren im Allgemeinen in Betracht, so ist doch auch noch im Besonderen zu bemerken, daß er selbst seinem Faust gegenüber eine ganz eigenthümliche Stellung einnimmt. Es ist ihm diese Dichtung vor allen anderen, vor der italienischen Reise, ein Himmelsgeschenk des Genius, das er im ersten Entwurf, unabgeschrieben, mit sich herumträgt; nach der italienischen Reise — eine ihm fremd gewordene Erscheinung, die er eben gelten läßt, weil sie da ist.

Was sein Verfahren anlangt, so erinnere ich an Aeußerungen in Briefen an Zelter, die freilich den zweiten Theil betreffen. Den 4. Januar 1831 schreibt er: „Ich möchte diesen zweiten Theil von Anfang — wohl einmal der Reihe nach weglesen. Vor dergleichen pflege ich mich aber zu hüten; — mögen es Andere thun — sie werden etwas aufzurathen finden." (!) Dazu berichtet er den 4. September 1831, wie er nun den vollendeten Faust einsiegelt — „wie es auch damit werden mag" (dasselbe meldet er an Humboldt den 1. December 1831, der das Versiegeln in seiner Antwort vom 6. Januar 1832 „ein wahrhaft grausames Beginnen" nennt). — Unüberlesen blieb der zweite Theil des Faust versiegelt bis nach seinem Tode. — Den ersten Theil hat er wohl wiederholt vorgelesen, aber bei seiner Zusammenstellung ist er offenbar ähnlich verfahren wie bei der des ersteren.

Schon an dem 1790 erschienenen Fragment konnte man die Wahrnehmung machen, daß es aus Theilen besteht, die Widersprechendes enthalten. Als 1808 aber der vollendete erste Theil erschien, fand sich in demselben das ganze Fragment fast unverändert wieder, die Widersprüche sind nicht behoben und das Neuhinzugekommene steht zu dem Uebrigen wieder nicht in vollem Einklang. Die ganz geringen Zusätze einiger Verse (in

der Wagnerscene, der Hexenküche und der Gartenscene) tragen nichts bei zur Herstellung der Einheit. Nur ein Vers in der Scene „im Dom": „Auf deiner Schwelle welch' ein Blut?", der im Fragment noch nicht stand, kann im Hinblick auf die eingeschobene Valentinscene als ein Versuch derart gelten.

Das Fragment besteht schon aus zwei (bis drei*) der Entstehungszeit nach verschiedenen Massen.

Diese zwei verschiedenen Hauptbestandtheile des Fragments zerfallen in Scenen, die der ersten Conception angehören und mit ihr im Zusammenhang entstanden, und in solche, die später als einzelne Bilder concipirt und ausgeführt sind, und zwar in einer Zeit, als die Erinnerung an jenen ersten Anlauf schon verblaßt war. Sie sind nicht mehr innerhalb der Wellenkreise des ersten Anstoßes gelegen; sie bedurften eines neuen Anstoßes und haben ihren eigenen Mittelpunkt.

Es ist nicht unwahrscheinlich, daß Goethe's Uebersiedelung nach Weimar als der Zeitpunkt angesehen werden darf, der zwischen der Entstehung der einen und der anderen Theile der Dichtung die Grenze bildet.

Am schlagendsten, als nicht im Zusammenhange stehend mit der ersten Conception (den ältesten Scenen), erweist sich die Scene am Brunnen, wo Gretchen sagt: „Wie konnt' ich einst so tapfer schmälen, sah ich ein armes Mädchen fehlen — und bin nun selbst der Sünde bloß!" Dies drückende Bewußtsein hat sie seit jener ersten und einzigen Liebesnacht, in der sie der Mutter den Schlaftrunk gegeben, von dem sie, wohl durch Mephisto's Tücke, getödtet ward. Nach einem solchen Ereigniß ist das müßige Geplauder zwischen Gretchen und Lieschen undenkbar. Man denke noch an die Worte Gretchens: „Doch Alles, was dazu mich trieb, Gott, war so gut und war so lieb!" — Wir haben hier demnach eines der bezeichneten Bilder vor uns, die vortrefflich ausgeführt, aber nicht mehr im Zusammenhange mit der ersten Conception gedichtet sind.

*) Der Hauptsache nach nur aus zwei: die bis 1775 und die von da bis 1786 entstandenen Theile, neben denen das, was in Italien entstand, in den Hintergrund tritt.

Gretchen's rührende Gestalt lebte im Dichter fort, und sie erschien ihm in einzelnen Bildern noch in Weimar. Der titanische Faust und das Ganze der Handlung trat in den Hintergrund.

Und so entstanden denn auch die Bilder: Gretchen am Spinnrade, im Zwinger und im Dom, in denen uns nur Gretchen immer wieder vorgeführt, nichts vom Verlauf der Handlung, dem Verbleiben Faust's, ersichtlich wird.

Da kommt nun noch ein äußeres Merkmal hinzu, das alle diese Scenen mit einander gemein haben.

In dem „Fragment" steht die Scene „Gretchen am Spinnrade" zwischen den zwei Scenen im Garten der Nachbarin, in deren ersterer die Doppelpaare Margarethe-Faust und Marthe-Mephistopheles auftreten, in zweiter Margarethe und Faust anfangs allein. In der ersteren ist ihr Name über zwanzig Mal, in der letzteren nahezu zwanzig Mal immer „Margarethe" geschrieben (in der scenarischen Anführung, nicht in der Anrede). In der in der Mitte dieser beiden liegenden dritten Scene aber heißt es: „Gretchen's Stube. Gretchen am Spinnrade allein." — Diese Verschiedenheit der Schreibung dieses Namens gestattet schon die Annahme: jene zwei Scenen müßten gleichzeitig, die mittlere zu anderer Zeit geschrieben sein*).

Die mittlere Scene wurde eingelegt und das Ganze zusammen abgeschrieben, ohne daß diese Ungleichheit bemerkt und beseitigt worden wäre.

Nun aber findet sich die Schreibung „Gretchen" in allen Scenen, die ich als einzelne Bilder bezeichne; in den Scenen: am Spinnrad, am Brunnen, im Zwinger, im Dom und in der Valentinscene.

Sie gehören gewiß zusammen.

Es ist begreiflich, daß Goethe anfangs den vollen Namen schrieb und sich darin in den Jahren, als die bedeutendsten Scenen des Faust entstanden (bis 1775), gleich blieb, sowie daß er später, als er nicht mehr im Zuge war und nur noch an Gretchen gemüthvollen Antheil nahm, unwillkürlich immer „Gretchen" schrieb.

Daß die Scenen, in denen er Gretchen schrieb, später entstanden sind, ist klar. Ich glaube auch, daß alle Scenen, in denen „Margarethe" geschrieben steht, zur ersten Conception gehören.

Von den bereits erwähnten Scenen wird das wohl zugegeben werden; wir finden die Schreibung „Margarethe" aber auch in der Kerkerscene. Immer (23 Mal) wird Gretchen in dieser Scene als „Margarethe" redend eingeführt, kein einziges Mal „Gretchen". — Ist denn aber die Kerkerscene mit den ältesten Theilen der Dichtung nicht wieder wie aus einem Guß?

Daß man sie für später entstanden hält, kann nur aus dem Umstande erklärt werden, daß sie im Fragment von 1790 nicht mitgetheilt wurde. Dieser Grund ist aber ohne allen Werth, wenn man erwägt, daß zu jener Zeit die Kerkerscene jedenfalls schon geschrieben war. Daß diese wunderbare Scene zwischen 1790 bis 1808 entstanden sein könnte, wird Niemand annehmen, der weiß, wie sich Goethe in jener Zeit zu seinem Faust skeptisch, fast ironisch verhielt.

In einem Briefe an Schiller vom 27. Juni 1797 nennt er ihn eine „barbarische Composition". Den 6. December schreibt er wieder an denselben: er werde sich an Faust wenden, „theils um diesen Tragelaphen loszuwerden, theils um sich zu einer höheren, reineren Stimmung vorzubereiten". Einen Tragelaphen, d. h. ein Ungeheuer der Einbildungskraft, halb Bock, halb Hirsch, nennt er den Faust! — Den 1. Juli schrieb er, wenn aus einer Reise nichts werden sollte, so habe er auf diese Possen sein einzig Vertrauen gesetzt, er meint damit die Beschäftigung mit Faust. — Fast scheint es, als ob nun Goethe es mit Faust nicht mehr ernst genommen hätte. — Er werde sorgen, sagt er (in dem Briefe vom 27. Juni), daß die Theile anmuthig und unterhaltend sind und etwas denken lassen. Das Ganze werde immer Fragment bleiben. — Bei einer solchen Anschauung konnte eine Dichtung, wie die Kerkerscene, nicht mehr entstehen!

Die Scene war gewiß schon geschrieben, als das Fragment erschien. Er ließ sie in demselben nicht erscheinen, vielleicht weil er die große Lücke, die dadurch sicht-

---

*) Schon der um Goethe's Faust hochverdiente Düntzer hat auf diesen Umstand im Allgemeinen aufmerksam gemacht.

bar geworden wäre, erst noch ausfüllen wollte, was dann 1800 bis 1801 durch die Valentinscene und die Walpurgisnacht einigermaßen geschah.

Auch in Italien, wo er die Hexenküche dichtete, kann die Kerkerscene nicht mehr entstanden sein. Er war da mit Iphigenie und Tasso beschäftigt. Daneben konnte vielleicht noch der Monolog in Wald und Höhle entstanden sein, nimmermehr aber die hinreißende Kerkerscene, die einer ganz anderen Welt angehört. Auch in den Jahren 1775 bis 1786 in Weimar wüßte ich das Entstehen der gewaltigen Scene nicht unterzubringen. Wir sind ja über diese Zeit so genau unterrichtet; es findet sich keine Spur. Nur in der Zeit vor 1776, von der wir im Ganzen weniger genau unterrichtet sind, lassen sich solche Spuren nachweisen. Schon 1771 bei seiner Doctorpromotion in Straßburg nahm Goethe unter die Sätze, über die er disputiren wollte, die Frage auf: ob ein Weib zu enthaupten sei, das sein neugeborenes Kind erwürgt hat? Und 1775 im Frühjahre begeisterte er H. L. Wagner zu seinem Trauerspiele: Die Kindermörderin*), in dem Züge enthalten sind, die nur in der Kerkerscene klar werden. Sollte Wagner diese Züge auch nur aus lebhafter mündlicher Erzählung Goethe's haben, wie aus Dichtung und Wahrheit hervorzugehen scheint, so muß Goethe doch, da er auf Wagner solchen Eindruck machte, damals so lebhaft mit der Katastrophe beschäftigt gewesen sein, daß er sie um die Zeit auch bald niedergeschrieben haben wird. Die Undeutlichkeit der scenarischen Angaben zu Anfang und am Schluß der Kerkerscene sehen aus, als ob sie vorliege, wie sie im ersten Feuer entstanden ist. Wenn er sie auch, wie eine Angabe lautet, 1797 abgerundet hat, so ist dies doch offenbar nicht sehr eingehend geschehen, sonst wären diese Undeutlichkeiten entfernt worden.

Im Zusammenhange mit der ersten Conception, d. h. in den ersten Jahren, in denen Goethe am Faust schrieb, als ihm noch das Ganze vor Augen stand, 1773 bis 1775, muß demnach der Haupt-

sache nach entstanden sein: der Anfang des ersten Theils bis zur Hexenküche, die Gartenscenen mit Gretchen und die Kerkerscene. Alle diese Scenen stehen in schönem Zusammenhang; nur vor der Kerkerscene lassen sie eine große Lücke. Einen zweifachen Plan aus diesen Scenen herauszulesen, einen Mephistopheles, der, ursprünglich nur Kobold, nach einem zweiten Plane erst Teufel sein sollte und dergl., finde ich nicht gerechtfertigt. Ich kann nur zugeben, daß Mephistopheles nicht immer die Grenzen einhält, die der Dichter, im Ganzen scharf genug, dieser Gestalt gezogen; er fällt manchmal, sowie ja auch im zweiten Theil, aus seiner Rolle, wenn er z. B. Einsichten verräth, die er eigentlich als Geist der Verneinung nicht haben kann. Daß aber die angedeuteten Scenen der ersten Zeit angehören, scheint mir besonders wahrscheinlich, wenn ich sie mit den Scenen vergleiche, die ich einzelne Bilder nannte. Diese Scenen veranlassen mich, eine Zeit der Entstehung anzunehmen, in der der Dichter für das Ganze seines Faust, unbewußt, schon erkaltet war, nur mit Wärme noch durch die Gestalt Gretchen's festgehalten wurde. Es scheint mir wahrscheinlich, für diese Zeit die Jahre in Weimar anzunehmen zwischen 1776 bis 1786.

Ich gebe hier eine Uebersichtstafel sämmtlicher Scenen des ersten Theils, auf der diejenigen, die in dem Fragment von 1790 noch nicht enthalten waren und erst 1808 erschienen, durch gesperrte Schrift ausgezeichnet sind.

Zueignung.
Vorspiel auf dem Theater.
Prolog im Himmel.
1) Nacht. Faust (dann Geist, Wagner) bis: Und froh ist, wenn er Regenwürmer findet.
2) Vor dem Thor.
3) Studirzimmer. Faust (mit dem Pudel hereintretend).
4) Studirzimmer. Faust. Mephistopheles*).
5) Auerbach's Keller in Leipzig. Zeche lustiger Gesellen.
6) Hexenküche.

---

7) Straße. Faust. Margarethe vorübergehend.

8) Abend. Ein kleines reinliches Zimmer. Margarethe. Dann Faust und Mephistopheles ꝛc.

9) Spaziergang. Faust in Gedanken auf- und abgehend. Zu ihm Mephistopheles.

10) Der Nachbarin Haus.

11) Straße. Faust. Mephistopheles.

12) Garten. Dann Ein Gartenhäuschen.

13) Wald und Höhle*).

14) Gretchen's Stube. Gretchen am Spinnrade allein.

15) Marthens Garten.

16) Am Brunnen. Gretchen und Lieschen mit Krügen.

17) Zwinger**).

18) Nacht. Straße vor Gretchen's Thür. Valentin ꝛc.

19) Dom***).

20) Walpurgisnacht.

21) Walpurgisnachtstraum.

22) Trüber Tag. Feld.

23) Nacht. Offen Feld.

24) Kerker. Faust mit einem Bund Schlüssel ꝛc.

Nach der Bezifferung der Scenen auf dieser Tafel kann ich nun die einzelnen Theile des Faust (1. Th.) nach der Zeit ihrer Entstehung, wie ich sie annehme, in Kürze so vor Augen stellen:

1769 bis 1775 entstanden die Scenen 1. 2. 3. 4. 5. 7. 8. 9. 10. 11. 12. 15. 24.

1776 bis 1786: 14. 16. 17. 19.

1786 bis 1788 (in Italien): 6. 13.

1797: Zueignung. Vorspiel auf dem Theater. Prolog im Himmel. 21. 22. 23.

1800 bis 1801: 18. 20.

Es versteht sich, daß diese Annahmen nur im Großen und Ganzen gelten. Bekannt genug ist, daß der Dichter an einzelne dieser Theile zu verschiedenen Zeiten wiederholt herantrat. Aber nur von dem König in Thule haben wir einen ursprünglichen Text und eine spätere Bearbeitung. So große Veränderungen wie an dieser Ballade wird der Dichter an dem übrigen Text kaum vorgenommen haben.

Nun ist noch eine Frage erwägenswerth, obwohl sie zum Theil schon beantwortet ist; wie es kam, daß der Dichter die Vollendung seines Faust so lange hinauszog?

Der Grund liegt in Goethe's eigener Entwickelung. Die Liebe Faust's zu Gretchen wurde zur Tragödie wie die Goethe's zu Friederike. Nur war bei Gretchen das Tragische auf das Aeußerste gesteigert. Um so schwieriger war zu begründen, warum Faust sie verließ und den schrecklichsten Schicksalsschlägen preisgab. — Hierin lag die Schwierigkeit, durch die die Dichtung ins Stocken gerieth.

Soweit es sich um Gretchen handelt, ist die Darstellung schon im ersten Entwurf ausgeführt und vollendet; Faust's Geschichte (sein Verhalten, sein Verbleiben) war unausgeführt geblieben. — Vermochte aber der Dichter die Lücke, die dadurch entstand, in jener Zeit, vor seiner Abreise nach Weimar, nicht auszufüllen, so traten in der nächsten Zeit in Weimar und dann in Italien andere Umstände hinzu, die die Vollendung unmöglich machten. Sie lagen nicht nur in der Bewegtheit seines äußeren Lebens, sondern viel mehr noch in seiner eigenen Entwickelung. Er entfernte sich innerlich immer mehr von dem Geschmacke seiner Jugend. Damit verstehe ich die Zeit, da er sich im alterthümlichen Deutsch des Götz gefiel, da er in Reimpaaren in der Manier des Hans Sachs Lustspiele schrieb, einer Manier, die auch im Faust durchblickt. Die Reimpaare fallen hier sogar manchmal in den Rococostil des Alexandriners, der Versart von Goethe's Leipziger Lustspielen, zurück. Ich zähle im 1. Theil des Faust 239 oft sehr charakteristische Alexandriner. — Ich meine ferner die Zeit, wo dem jungen Dichter noch Shakespeare's Ungebundenheit mit allen Schauern seiner Tragödien als eine neue blendende Erscheinung vor Augen stand.

Diese Zeit wich allmälig in seinem Geiste zurück vor neuen Kunstanschauungen, die zum Theil den Griechen abgewonnen waren, zum Theil auch seinem eigenen inneren Streben nach Maß entsprachen.

Als er Iphigenie und Tasso schrieb, stand er jedenfalls auf einer höheren Stufe.

Wir erinnern uns, daß er vom Tragischen einmal sagte: Da braucht es weder

Gift noch Dolch, weder Spieß noch Schwert! Das Scheiden aus einem geliebten Zustande — ist auch eine Variation desselben Themas!

In der That wäre es auch seltsam, wenn wir in der Malerei die sixtinische Madonna, in der Bildhauerei die mediceische Venus als höchste Kunstwerke preisen, daß gerade in der Dichtung das Höchste sich nur im Ungeheuerlichen darstellen sollte!

Goethe vermochte nach den neu gewonnenen Anschauungen sich nicht mehr in die Fauststimmung seiner Jugend zu finden, und wenn er es versuchte, so geschah dies fast mit einer Art von Ironie.

*   *

*

Wir haben demnach die Ansicht gewonnen, daß das Beste des Faust wohl immer dasjenige blieb, was Goethe schon als Bruchstück von Frankfurt her nach Weimar mitbrachte, wenn man dazu die Kerferscene mitzählen darf. Daß ferner die Vollendung des ersten Theils nur äußerlich so genannt werden dürfe; eigentlich wurde er nie vollendet. Wir mußten auch zugeben, daß Faust nicht als eine derjenigen Schöpfungen anzusehen ist, die Goethe auf der Höhe seiner Meisterschaft und höchsten Kunstvollendung geschaffen. Doch dürfen wir auch noch einen Punkt nicht unberührt lassen, der ebenso wie die angeführten auf die Entstehung des Faust zurückweist; das ist die Ausführung der Gestalt des Helden, Faust.

Sind die Gestalten des Mephistopheles, Gretchen's, Marthens, Wagner's, des Schülers, Valentin's durchgehends mit einziger Kunst lebendig ausgeführt, so daß sie auch im Lesen sich wie von selbst beleben und in Miene, Haltung, Stimme, Geberde deutlich individuell vor den Geist hinstellen: Faust wird nie in unserer Einbildungskraft mit solcher Bestimmtheit lebendig!

Man täusche sich nicht, indem man vielleicht irgend einen Theaterfaust in romantischem Costüm vor Augen hat!

Der Grund liegt darin, daß Faust auch vor Goethe's Geiste nicht gegenständlich geworden ist, daß der Dichter weder den Faust der Geschichte noch den Faust der Sage darzustellen bemüht war,

daß er vielmehr im Namen Faust's sein eigenes Innere ausströmte, ohne je sich selbst darstellen zu wollen.

Der Faust des 18. Jahrhunderts lebte eben weder in Sage noch Geschichte. Er ist nichts als der gährende Gedanke der Sturm- und Drangzeit.

Wenn wir den Freunden der Dichtung mit alle dem nun in der Negation zu weit gegangen scheinen, so dürfte dagegen geltend zu machen sein, daß jede Erkenntniß ein Gewinn ist, und daß wir uns um so unbefangener der Betrachtung überlassen zu dürfen glaubten, als wir uns von ungetrübter Liebe für den Dichter geleitet fühlten.

In der That hat der Antheil an der Dichtung nicht ab-, sondern zugenommen. Wenn ich die Entstehung einzelner Dunkelheiten erkannt habe, so werde ich befreit von der Pflicht, ihren Grund in mir zu suchen. Ich werde die genialen Meisterstücke in der Dichtung voller würdigen, wenn ich mich frei fühle von der Pflicht, andere Bestandtheile, die mit diesen nur äußerlich verbunden sind, mit demselben Maßstab zu messen.

Unser Antheil nimmt aber bei näherer Prüfung des Einzelnen zu, indem auch die Unvollkommenheiten, die dabei durchsichtig werden, wie Alles, was von Goethe ausgeht, immer auf ein Großes führen.

Wir haben eben hier kein gewöhnliches Drama vor uns, sondern eine culturgeschichtliche Erscheinung, an der wir uns des siegreichen Ringens des deutschen Geistes in der letzten Culturepoche bewußt werden.

Es kommt hier der Titanismus der Sturm- und Drangzeit, die in Goethe's unausgeführten Entwürfen seines ewigen Juden, seines Prometheus, seines Mahomed sich neben einander drängten, zum höchsten Ausdruck.

Den positiven Gehalt der leidenschaftlichen Ausbrüche Faust's, die damit gemeint sind, bezeichnet treffend Schelling in seinen Vorlesungen über die Methode des akademischen Studiums schon 1802 (zweite unveränderte Ausgabe 1813, S. 258; s. Vorwort III. Schon Loeper wies zu Faust S. XIV darauf hin. Er sagt: „An jenen Widerstreit (von Geist und Natur), der aus unbefriedigter Erkenntniß der Dinge entspringt, hat der Dichter seine Erfindungen — geknüpft und einen ewig frischen Quell der Begeisterung ge= öffnet, der allein zureichend war, die Wissenschaft zu dieser Zeit zu verjüngen und den Hauch eines neuen Lebens über sie zu verbreiten. Wer in das Heiligthum der Natur eindringen will, nähre sich mit diesen Tönen einer höheren Welt und sauge in früher Jugend die Kraft in sich, die wie in dichten Lichtstrahlen von diesem Gedicht ausgeht und das Innerste der Welt bewegt!"

Schelling kannte damals nur noch das Fragment von 1790.

Es beziehen sich diese Worte besonders auf den Theil der Dichtung, der Goethe's eigenste Anschauungen im Namen seines Faust ausspricht.

Nun erinnere ich aber noch an die Scenen mit Gretchen, die das Herrlichste sind, was je die Dichtung eines Volkes darzustellen vermocht. — Die Scenen im Garten, daneben der großartige Humor, mit dem Mephistopheles mit Martha Schwertlein dem Liebespaare Faust und Gretchen gegenübergestellt sind. Die Bilder: Gretchen am Spinnrade, am Brunnen, im Zwinger, im Dom, der Tod Valentin's. Endlich die erschütternde Kerkerscene! — Wir empfinden bei der Erinnerung an diese reiche Fülle von un= übertrefflichen Einzelheiten, daß eine solche Dichtung wohl die Beigabe der besprochenen Unvollkommenheiten ertragen kann. Wir sind beglückt bei der Dar= stellung auf der Bühne, wenn sie nur halbwegs gelingt; wir lesen sie mit höchstem Genuß und werden nicht müde, zu ihr immer wieder zurückzukehren. Sie reizt uns, ihrer Entstehung nachzugehen, und führt uns so in des Dichters Innere, wozu er selbst in seiner Zueignung des Faust einladet. Nur so verstehen wir ihn, wenn er (1797) in derselben sagt:

„Ihr naht euch wieder, schwankende Gestalten,
Die früh sich einst dem trüben Blick gezeigt! —
Versuch' ich wohl, euch diesmal festzuhalten,
Fühl' ich mein Herz noch jenem Wahn geneigt?
Ihr drängt euch zu, nun gut, so mögt ihr walten,
Wie ihr aus Duft und Nebel um mich steigt.
Mein Busen fühlt sich jugendlich erschüttert
Vom Zauberhauch, der euren Zug umwittert."

So erst verstehen wir das Vorspiel auf dem Theater, das scheinbar in gar keiner Beziehung zum Faust steht. Indem in diesem Vorspiele der Dichter hingestellt ist, ganz ideal, ohne jede Rücksicht auf praktische Forderungen der Bühne, so ist damit auch die Eigenthümlichkeit dieser Dichtung angekündet und das Vorspiel, als Vorspiel nur zu dieser Dichtung, in der der Dichter sich einmal rücksichtslos seiner Subjectivität überläßt, gekenn= zeichnet.

So giebt uns der Prolog im Himmel die willkommenste Bestätigung unserer Anschauung vom Erdgeist, den wir als irdische Manifestation Gottes erkannten.

Wenn dem Dichter auch einzelne Um= stände bei späteren Fortsetzungen der Dichtung oft nicht gegenwärtig waren, wie wir in der Brunnenscene, in der Va= lentinscene und anderen deutlich sehen, so ist doch nicht wahrscheinlich, daß er 1797 des Erdgeistes vergessen hätte. Er dachte seiner ausdrücklich in der drittletzten Scene (22), die wohl um dieselbe Zeit gedichtet ist. Er interpretirt geradezu durch den Prolog ganz richtig den Herrn als denjenigen, der Mephisto= pheles auf Faust aufmerksam gemacht, ihm diesen Gefährten beigegeben hat, was im Stücke selbst dem Erdgeist zugeschrieben wird.

Von der Kerkerscene sagt Christian Hermann Weiße*) treffend: der Dichter habe sich hier eine Aufgabe gestellt, an die sich selbst Shakespeare nicht gewagt. Nämlich die Aufgabe: im Halbwahn= sinn des durch entsetzliche Seelenqual zerrütteten Gemüths der unfreiwilligen Verbrecherin an Mutter und Kind ihren Adel und ihre sittliche Reinheit zu offen= baren. Dies ist hier vollkommen ge= lungen.

Es ist ihm gelungen, die Unschuld der Schuldigen so überwältigend zur An= schauung zu bringen, daß die Stimme von oben, die am Schlusse Gretchen's Rettung ausspricht, aus der eigenen Brust des Lesers oder Hörers her= vorzutönen scheint.

Es verwandelt sich das Urtheil der richtenden Menschheit in unserem Gefühl in liebevollen Antheil, und wir nehmen an, daß sie, sterbend und willig Strafe leidend, ihre Versöhnung mit ihrem Gott

*) Kritik und Erläuterung des Goethe'schen Faust, S. 162 f. 1837. Die Stelle führt schon Loeper an in seinem Faust, S. 61.

und mit ihrem eigenen Inneren als ein Glück gefühlt hat. Das empfinden wir bei den Worten: sie ist gerettet.

Wir können den Einwurf, Gretchen hätte nicht nur einmal gefehlt, sie hätte ja auch ihr Kind getödtet, nicht gelten lassen.

Ihr Fehler war nur der Eine, daß sie in jener Liebesnacht sich Faust ergeben. Jenes Verbrechen, die Ermordung ihres Kindes, geschah nicht mehr im Zustande der Zurechnungsfähigkeit. Wie Goethe über ein solches Verbrechen dachte, darüber dürfen wir wohl nicht im Zweifel sein, und daher auch, wie er die Umstände in seiner Dichtung verstanden wissen wollte.

Und damit, mit diesem überwältigenden Schluß, ist wohl das Höchste erreicht, was der tragischen Muse zu erreichen möglich ist.

In Rücksicht auf das Ganze schließt diese Scene aber nur die Liebestragödie ab.

Die Wette zwischen Mephistopheles und Faust blieb unentschieden. Sie besteht darin, daß Mephistopheles Faust zu befriedigen hat, wofür dann Faust sich von ihm in Fesseln schlagen lassen will. Es ist ganz unrichtig, wenn behauptet wurde, Mephistopheles hätte Faust sehr leicht befriedigen können, ja er hätte ihn sogar befriedigt, so daß Faust zum Augenblicke wohl sagen konnte: verweile doch, du bist so schön! — Mephistopheles konnte Faust nie befriedigen, weil er ihm nur frivole Genüsse bot und Faust dafür kein Verständniß haben konnte. Wenn Faust fähig gewesen wäre, Gretchen zu verführen, um sie zu vergessen, d. h. ohne Ahnung von weiblichem Werth, gemüthlos sie zu verderben, nur dann hätte Mephistopheles Aussicht gehabt, Faust „seine Straße sacht zu führen", ihn „von seinem Urquell abzuziehen", ihn zu befriedigen. Da Mephistopheles dies nicht fassen konnte, und indem er Faust von Genuß zu Genuß fortreißen wollte, nur die Freuden, die dieser in Gretchen's Armen fand, vergiftete — was besonders in der Scene in Wald und Höhle deutlich wird —, so kann Mephistopheles nicht gewinnen.

Dies Verhältniß ist durchaus im Großen festzuhalten.

Mephistopheles weiß keinen anderen Genuß zu bieten als den der Befriedigung selbstischer Begierden; hingebende Liebe, die selbstloseste Leidenschaft, kann er nicht begreifen. — Indem sie in Faust entsteht, bereitet sie ihm Leiden, denn er geräth in Widerspruch mit dem wilden Feuer, das Mephistopheles in ihm schürt; sie wappnet ihn aber zugleich gegen die Verführungskünste des Bösen. Gretchen wird hingerichtet, Faust kann sie nicht retten. Er ist aber von Mephistopheles nicht überwunden. Er ist ihm ferner gerückt denn je. Damit entsteht die Nothwendigkeit des zweiten Theils, in dem die Wette zum Austrag kommen muß.

Zwei Theile waren ursprünglich wohl kaum beabsichtigt. Obwohl die Episode mit Helena, die den dritten Aufzug des zweiten Theiles bildet, schon vor 1776 entworfen war, so dachte der Dichter doch wahrscheinlich damals noch das Verhältniß zu Gretchen und das zu Helena in den Rahmen Eines Dramas zusammenzufassen. Dies wurde erst unmöglich durch das allmälige Anwachsen der Gretchentragödie, die alles Andere zurückdrängte und endlich dann auch das Ganze in zwei Theile aus einander trieb.

Dadurch wurden Faust's Fall und Faust's Sieg, jedes für sich, zu einem besonderen Drama.

Die Entstehungsgeschichte des zweiten Theiles, auf die wir hier nicht weiter eingehen, liegt viel weniger im Dunkeln als die des ersten. Außer der in den Jahren 1774 und 1775 entworfenen „Helena" ist der zweite Theil bekanntlich in den Jahren 1825 bis 1831 entstanden. Ueber denselben ist besonders lesenswerth die Vorbemerkung v. Loeper's zu seiner Faustausgabe.

Schlußbemerkung. Der vorliegende Aufsatz ist Anfangs November 1878 niedergeschrieben. Seitdem er der Redaction der Monatshefte übergeben ist, sind nun schon wieder so manche Forschungsergebnisse im Druck erschienen, die den Gegenstand mehr oder weniger berühren. Ich nenne nur die zweite, völlig umgearbeitete Auflage von Erich Schmidt's: „Heinrich Leopold Wagner", die zweite Bearbeitung der Faustausgabe mit Einleitung und erklärenden Anmerkungen des hochverdienten

G. v. Loeper und die mir soeben zukom-
mende gehaltvolle Schrift: „Aus Goethe's
Frühzeit" von Wilhelm Scherer.

Diese Schriften wären auf das Obige
gewiß von Einfluß gewesen, wenn ich sie
gekannt hätte.

Sowie meine Arbeit aber auf einer
mehrjährigen eingehenden Betrachtung des
Gegenstandes beruht, die in ihren Ergebnissen selbst durch so bedeutende Schriften
nicht wesentlich verändert wird, bei denen
ich mich im Gegentheil oft genug der
Uebereinstimmung mit den genannten
Forschern erfreuen darf, so glaube ich am
besten zu thun, wenn ich das im November vorigen Jahres Geschriebene voll-
ständig unverändert, wie es ist, erscheinen lasse, indem ich mir erlaube, dies
ausdrücklich zu bemerken.

Ich hatte einen fortlaufenden eingehenden Commentar zu dem ersten Theil von
Goethe's Faust am 23. September im
vorigen Jahre in der Handschrift bereits
abgeschlossen. In demselben sind schon
die Verse gezählt, wie sie in Loeper's
neuer Ausgabe nun gezählt vorliegen.
Bei mir sind es 4259, bei Loeper 4253
(ich habe noch nicht herausgefunden, wie
die Abweichung entstanden ist). — Die
in Prosa geschriebenen Scenen, die
Scherer a. a. O. als Reste eines ersten
Entwurfs des Faust in Prosa betrachtet,
hatte ich daher natürlich auch schon in
Erwägung gezogen. Indem Scherer aber
auch die Domscene als nur in Versen geschriebene Prosa auffaßt, hatte ich nach-
zuweisen gesucht, daß auch die Scene:
„Trüber Tag, Feld" wohl in Prosa geschrieben, aber ebenso wie die Scene
im Dom, wie Wanderers Sturmlied,
Harzreise im Winter und die der Form
nach ähnlichen Dichtungen in freien Rhyth-
men abgefaßt sei.

Wenn die erste Gartenscene Prosa war
und davon nur das Stückchen: „Liebt

mich nicht — liebt mich" bis „kein Ende!"
stehen blieb, wie nun Scherer annimmt,
könnte man fragen, ob denn Goethe bei
dem Umschreiben der Prosa in Verse diese
Stelle nicht auch hätte in Verse bringen
können? — (Mir sind freilich solche Stellen aus der Iphigenie nicht entgangen,
wo Goethe bei dem Umschreiben in Jam-
ben auch den ursprünglichen Text stehen
ließ.)

Ich habe aber zu dieser Stelle in
meinem Commentar Folgendes angemerkt:

„2832 bis 2841: reimlose Verse. Vielleicht reimte Vers 2828 Blumenwort
ursprünglich auf 2842 wir wollen fort,
und die emphatischen Zeilen 2833 bis
2841 sind erst später eingeschaltet, sowie auch die emphatischen Zeilen 3085
bis 3103 („Der Altumfasser" ꝛc.), die
ebenso reimlos und auch wohl eine spätere
Einschaltung sind."

Eine Entdeckung Scherer's, Zeitschr. f.
d. Alt. (1876), Anzeiger XX. S. 284, daß
F. L. Stolberg's Lied:

Ach, mir ist das Herz so schwer,
Traurig irr' ich hin und her

eine Nachbildung von Goethe's: „Meine
Ruh' ist hin" ꝛc. sei, will ich hier noch
erwähnen. Wenn diese Annahme richtig
ist, dann müßte Goethe's Lied noch in die
Frankfurter Zeit fallen. Das Lied steht
wenig in Zusammenhang mit der Handlung
des Faust, und es kann daher, wenn es
auch älter ist, doch wohl um dieselbe Zeit
wie die anderen Scenen, in denen Margarethe als „Gretchen" aufgeführt wird,
in das Stück eingeschaltet sein, in der Zeit
zwischen Goethe's Ankunft in Weimar und
der italienischen Reise.

Soviel zur Erklärung des Umstandes,
daß in meinem Aufsatze auf jene Schriften
nicht eingegangen ist.

Ich habe an seiner ursprünglichen Fas-
sung nichts mehr geändert.

Wien, im Mai 1879.